E BLANCANIEVES

 F/ EL FLAUTISTA DE HAMELÍN

 G EL GATO CON BOTAS

 H HANSEL Y GRETEL

 N ñ LA PEQUEÑA CERILLERA

 O RICITOS DE ORO

 P PINOCHO

 Q PEDRO Y EL LOBO

 V EL SASTRECILLO VALIENTE

 W PETER PAN

 X LAS SIETE CABRITAS Y EL LOBO

Y EL YETI

 Z LA CENICIENTA

LETRAS DE CUENTO
De la A a la Z

Para Nora y Greta, mis dos cuentos favoritos

LETRAS DE CUENTO
De la A a la Z

Glòria Langreo

ALICIA, siguiendo a un conejo,
se cayó por una madriguera
y, aunque nadie la creyera,
también atravesó un espejo.

El País de las Maravillas era
maravillosamente maravilloso.

B b

Érase la **BELLA** Durmiente,
que se clavó una rama de lino,
la verdad, sin mucho tino,
pero un príncipe la besó de repente.

Y así fue como se le acabó
el descanso eterno.

Cc

Érase una vez **CAPERUCITA** Roja,
que cruzaba un bosque peligroso
hasta que un lobo silencioso
la hizo temblar como una hoja.

Y encima se comió a su abuela.

Érase **DOROTHY** en el Reino de Oz,
donde se hizo amiga de un león,
un espantapájaros y un hombre de latón,
y, juntos, vencieron a una bruja atroz.

Y lo hicieron con un simple cubo de agua.

D d

Había una vez unos **ENANITOS**
que trabajaban en una gran mina.
Adoptaron a una niña muy fina
que cocinaba platos exquisitos.

*Pero un día Blancanieves mordió
una manzana envenenada.*

E e

En cierta ocasión, un **FLAUTISTA**
fue a salvar Hamelín de los ratones
a cambio de una bolsa de doblones
que le estafó un rey egoísta.

*Así que el flautista ¡se llevó a todos
los niños a golpe de cancioncita!*

Hete aquí un **GATO** de presa
que, gracias a sus paripés,
logró que su amo, el marqués,
se casara con una princesa.

Y se compró unas botas bien bonitas.

HANSEL y Gretel eran dos gemelos
que para no perderse tenían un plan:
dejarían un rastro de migas de pan.
Pero se entretuvieron en una casa de caramelos.

Y dentro vivía una bruja piruja con malas ideas.

I i

Érase una vez un traje **INVISIBLE**,
que los zoquetes no lograban ver.
El emperador lo mandó coser
para verse listo e irresistible.

*Pero la verdad es que era
una mentira muy grande.*

Una vez, **JUAN** Sin Miedo
pasó tres noches con dragones,
brujas y fantasmas burlones
y le importó un bledo.

¡No había quien lo asustara!

K k

Tenía una cabellera **KILOMÉTRICA**,
que Rapunzel soltaba por la ventana
para que subiera la guardiana
por esta torre tan alta y tétrica.

*Pero un día subió un príncipe
y Rapunzel escapó.*

L l

El **LOBO** Feroz asustó a Pedrito,
a los tres cerdos y a la abuelita,
a las siete cabras y a Caperucita,
y no se salvó ni el pobre cabrito.

Menuda pieza, el lobo...

¿por que Mowgli no quiere vivir entre los humanos?

Hete aquí **MOWGLI** en la selva
viviendo entre lobos y un oso,
una pantera y un tigre silencioso:
nadie piensa que su madre vuelva.

*No quiere vivir entre humanos,
¡y no lo culpo!*

Nn Ññ

Había una vez una **NIÑA** pequeña
con una cajita de cerillas,
que no tenía ni mantas ni esterillas
ni un pequeño trozo de leña.

Y, tristemente, el frío pudo con ella.

¿Esta bien comer la comida de los demas?

Cuentan que tenía ricitos de **ORO**
y que se coló en la casa de tres osos,
probó todos sus platos sabrosos
y se fue corriendo sin ningún decoro.

Y después de todo el lío no la vieron nunca más.

Este es **PINOCHO**, el niño de madera
que cada vez que mentía
su nariz de palo crecía y crecía,
a menos que dijera la verdad verdadera.

Y eso pasaba muy poquitas veces.

«¡QUE VIENE EL LOBO! ¡Que viene el lobo!».
Primero todos lo creyeron,
pero luego nunca volvieron:
pensaban que Pedro era un bobo.

Hasta que fue el lobo de verdad
y no veas qué susto.

Rr

Érase la **RATITA** Presumida,
que se encontró una moneda
y se compró un lazo de seda
para sentirse la más querida.

*Pero quien la quiso resultó
que fue un gato. ¡Miau!*

Había una vez una **SIRENITA**
que soñaba con ser humana.
Pactó con una bruja tirana
que la convirtió en una señorita.

Pero, glups, la dejó sin voz.

T t

TRES cerditos muy pillos
se hicieron tres casas de primera:
una de paja, otra de madera
y la última, que era de ladrillos.

El lobo sopló y sopló,
y ya sabemos qué pasó.

Un **ÚNICO** guisante bajo veinte colchones
que solo una princesa de las de primera
podría notar mientras durmiera
y quedaría llena de chichones.

Mira que hay que ser finolis.

Vv

Había un sastrecillo **VALIENTE**
que tan solo ahuyentó a siete mosquitas,
pero contando historias inauditas
impresionaba a toda la gente.

*Y con tanta historieta, se convirtió
en príncipe.*

Ww

Érase una vez **WENDY** y sus hermanos,
que se fueron a Nunca Jamás
y, a escondidas de sus papás,
vieron sirenas y vencieron a villanos.

Y claro, cómo no, conocieron a Peter Pan.

X x

«¡AUXILIO!», gritaban las cabritas
mientras el lobo se las comía
con pasión y alevosía.
Y es que estaban exquisitas.

¡Suerte que al final las salvó su mamá!

Y y

El **YETI** es el hombre de las nieves.
Parece un mono de pies gigantes,
mucho pelo y unos ojos como guisantes.
Solo lo han visto en momentos breves.

Pero no sé yo si existirá.

Zz

El **ZAPATO** de Cenicienta
encierra una gran sorpresa:
a quien le quepa será princesa,
así que todo el mundo lo intenta.

*Pero no se agolpen, ¡que ya
tiene dueña!*

Papel certificado por el Forest Stewardship Council®

Primera edición: mayo de 2021

Printed in Spain – Impreso en España

ISBN: 978-84-488-5762-2
Depósito legal: B-2.652-2021

Impreso en Índice, S.L.
Barcelona

BE 5 7 6 2 2

A
ALICIA EN
EL PAÍS DE LAS
MARAVILLAS

B
LA BELLA
DURMIENTE

C
CAPERUCITA
ROJA

D
EL MAGO DE OZ

I
EL TRAJE NUEVO
DEL EMPERADOR

J
JUAN SIN
MIEDO

K
RAPUNZEL

L
EL LOBO
FEROZ

M
EL LIBRO DE
LA SELVA

R
LA RATITA
PRESUMIDA

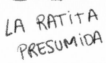

S
LA SIRENITA

T
LOS TRES
CERDITOS

U
LA PRINCESA
Y EL GUISANTE